MARVANO   HALDEMAN

DALLAS BARR

Le choix de maria

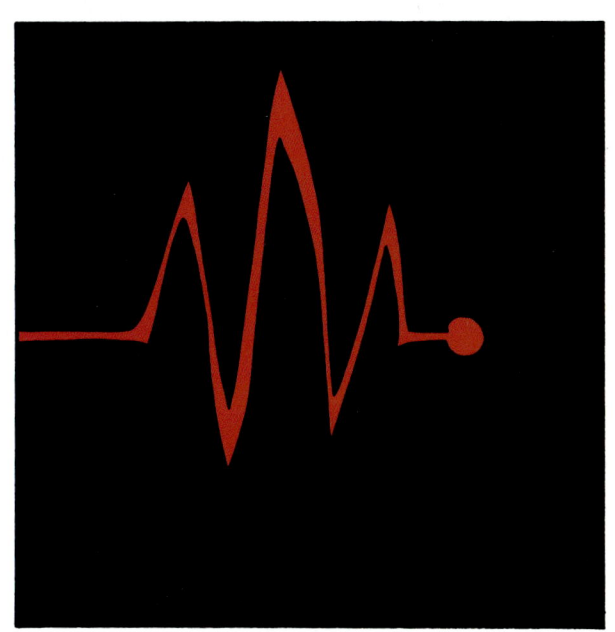

Des mêmes auteurs :

La guerre éternelle (édition intégrale) – parue chez Dupuis
Libre à jamais (trois tomes) – parus chez Dargaud

Traduction : Yvan Delporte

Première édition

© MARVANO - HALDEMAN - EDITIONS DU LOMBARD (Dargaud-Lombard s.a.) 2005
Tous droits de reproduction, de traduction et
d'adaptation strictement réservés pour tous les pays.

D/2005/0086/31
ISBN 2-80362-055-3

Dépôt légal : janvier 2005
Imprimé en Belgique par Proost

LES EDITIONS DU LOMBARD
7, AVENUE PAUL-HENRI SPAAK - 1060 BRUXELLES - BELGIQUE

www.lelombard.com
www.polyptyque.net

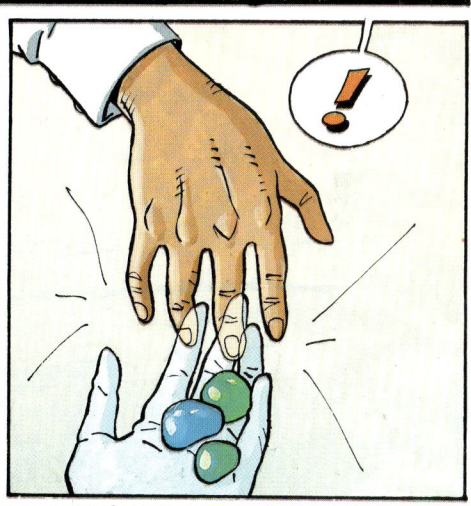

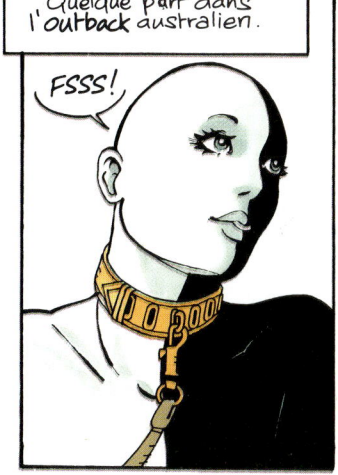

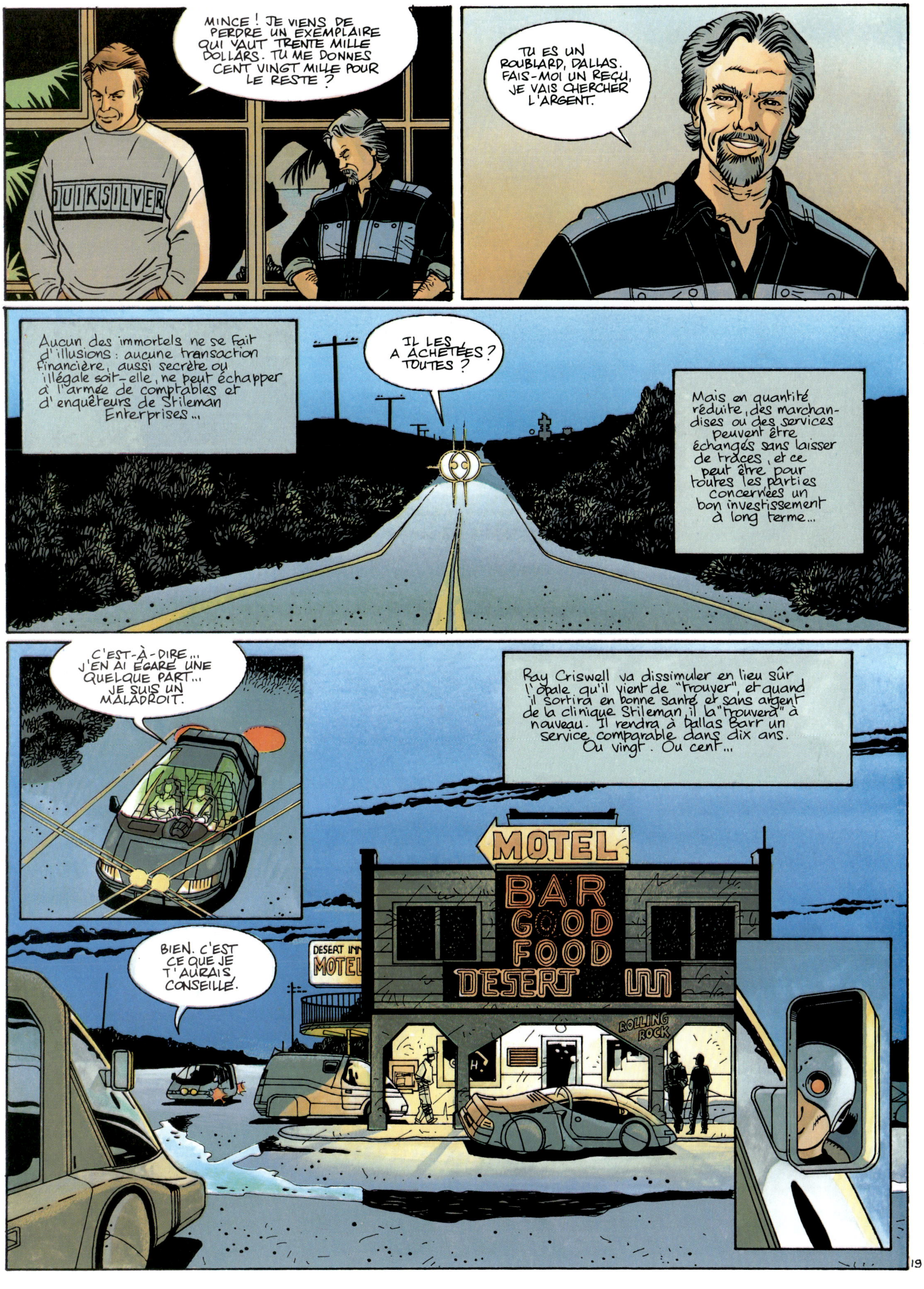

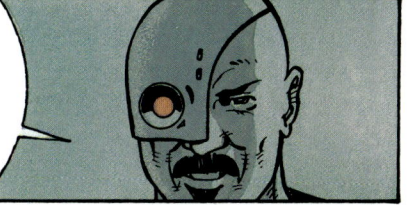

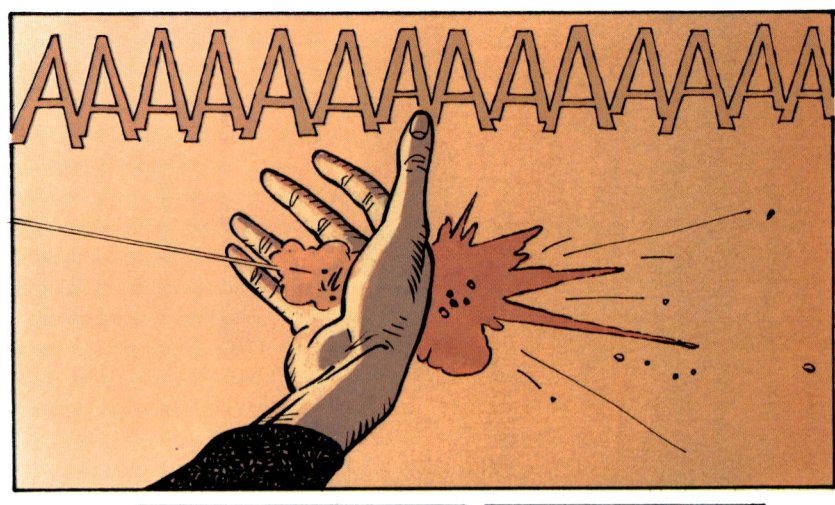

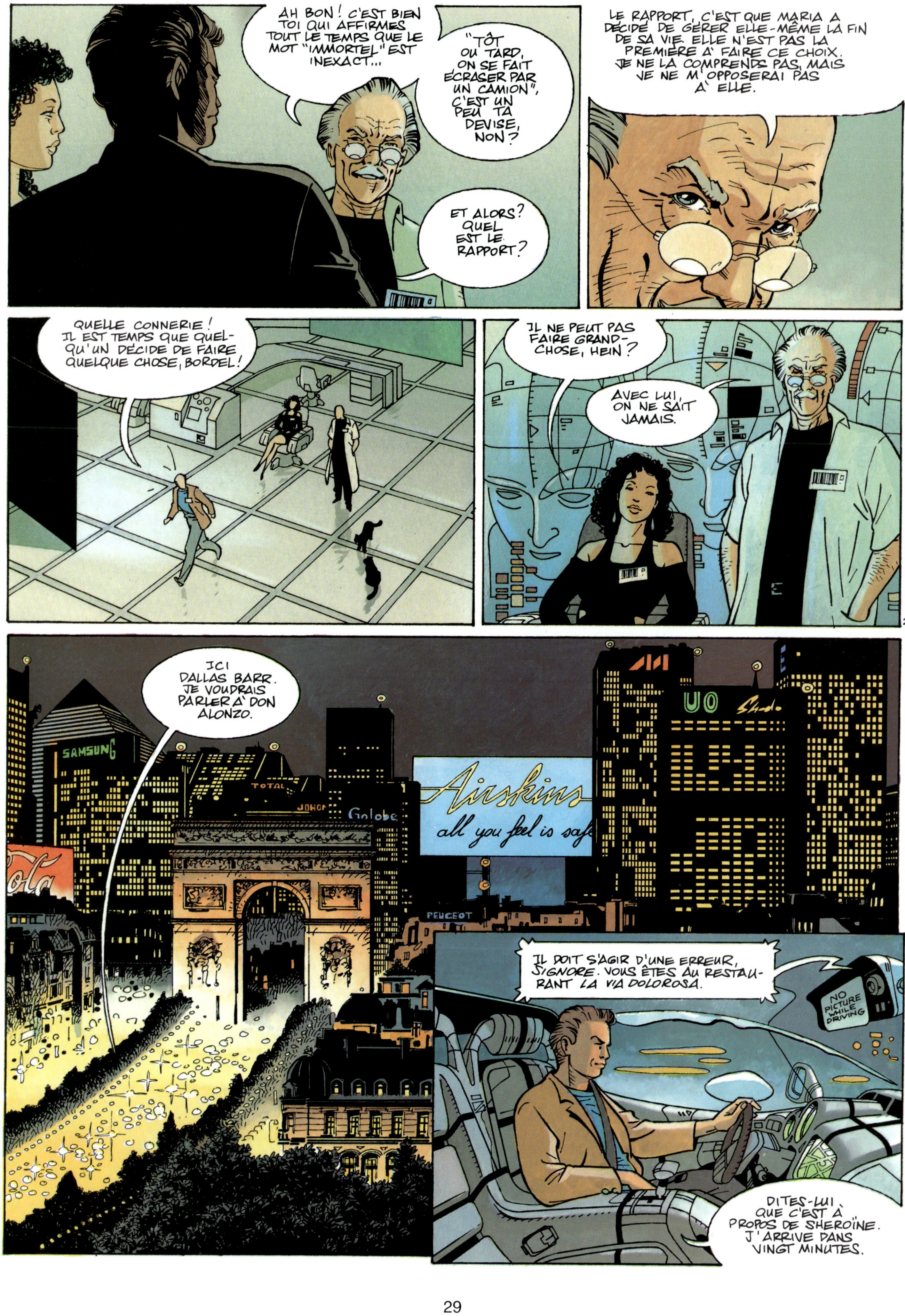

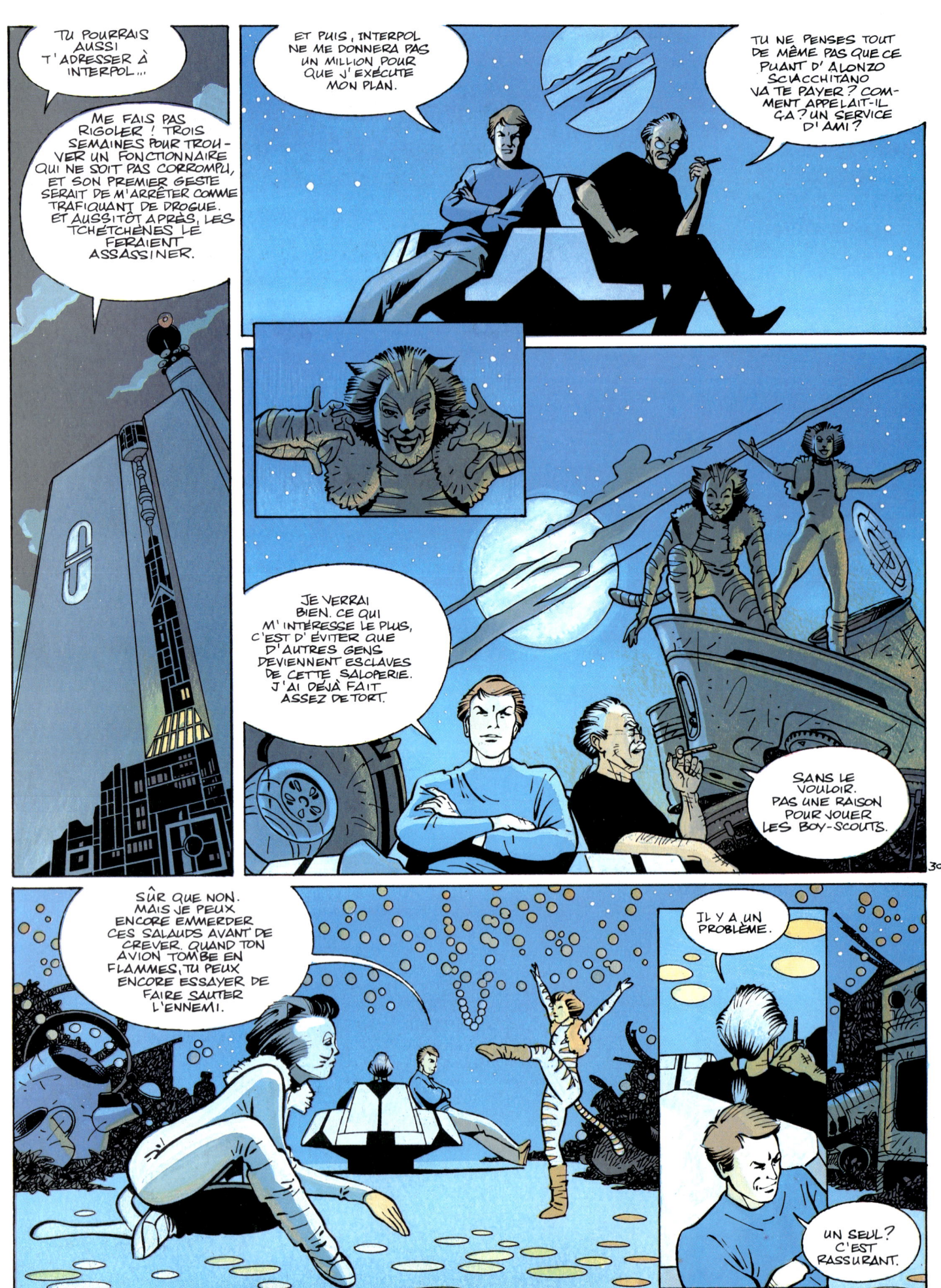

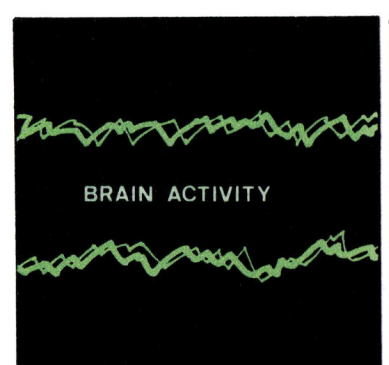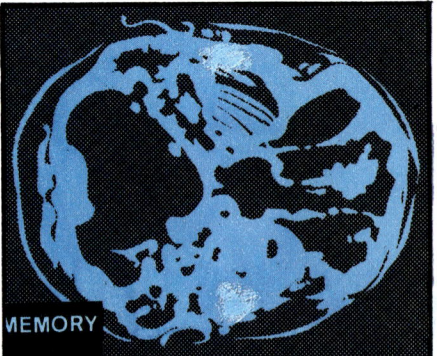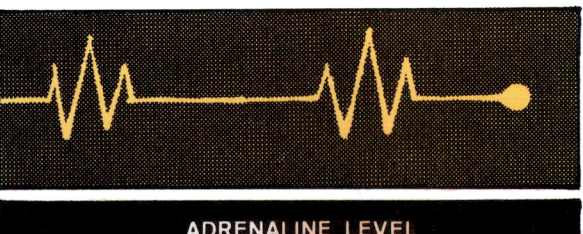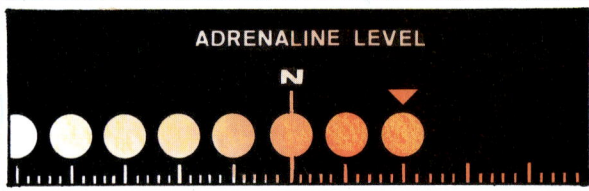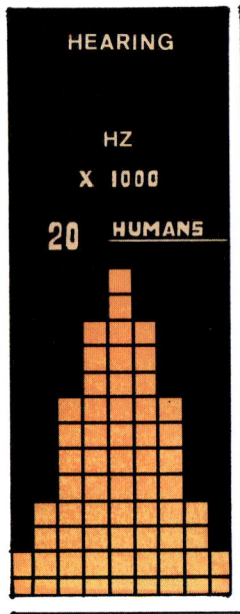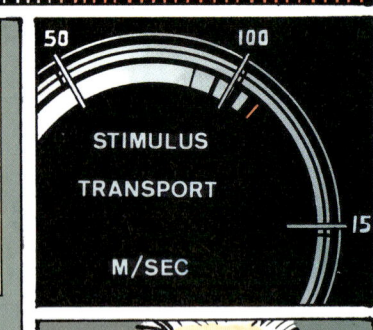

MARCONI

MARCONI

MARCONI

HE?...

VOYEZ-MOI ÇA!

70 BATS

GRANDS DIEUX! QU'EST-CE QUE C'EST QUE ÇA ?

WUP

WUPWUP WUP WUP WUP WUP

FAIS GAFFE!

ENCORE UN PEU ET TU TE FAISAIS UN KANGOUROU. TU NE VOLES PAS UN PEU BAS, DALLAS?

N'EXAGÈRE PAS.

VAUT MIEUX QUE LES RADARS NE NOUS REPÈRENT PAS.
D'ACCORD, MAIS IL NE FAUDRAIT PAS NON PLUS QU'ON SE PAIE UN ARBRE.
Y A PAS DE LÉZARD.
LE PLAN DE DON ALONZO A ÉTÉ IMPEC' JUSQU'À MAINTENANT. TOUT Y EST INDIQUÉ, Y COMPRIS LES ARBRES. IL N'Y A PAS LE MOINDRE DAN...
!
DALLAS ! DES CÂBLES !
...GER...
HÉ !
MERDE !
EJECT

- VOYONS VOIR...
- NORD-NORD-EST... ÇA COLLE.
- UNE DEMI-HEURE DE MARCHE...

UNE MINE D'OPALE ABANDONNÉE...!

AH! BINGO.

MMM...

M... MMMNON...

MUM

M...MMM

MMMMMM

MAIS... C'EST...

LORELEI! LORELEI SOCHOLOV! QU'EST-CE QUE ... ?!
DALLAS? C'EST TOI ? TU ES LE SEUL À M'APPELER LORELEI! ÉCOUTE, IL FAUT ABSOLUMENT...
NE PARLE PAS, BORDEL! ON T'A FOUTU ...
... TROIS BALLES DANS LE CORPS. JE SAIS. C'EST FINI POUR MOI, DALLAS.
FINI, L'IMMORTALITÉ. DOMMAGE POUR MON DERNIER MILLION... DALLAS, ÉCOUTE-MOI. TU DOIS...
TU DOIS STOPPER NICOLAI. LE SALAUD! IL NOUS A ABATTUS, VALENTIN ET MOI, ET PUIS IL M'A ...
LORELEI, DE QUOI TU PARLES ?
J'AURAIS DÛ CROIRE VALENTIN ...
IL PREND LE POUVOIR!
JE NE VOULAIS PAS QUE TU MEURES, MAIS LUI, IL AIME TUER...
... ET IL EN VEUT À TA COPINE...
LA SHEROÏNE EST...
40
TIENS! QUELLE SURPRISE!
OH, VOUS VOILÀ? VOTRE DOIGT VA MIEUX?
TU VAS LE SENTIR PASSER, MIGNONNE, MAINTENANT QU'ON EST SEULS TOUS LES DEUX!

ÉCARTE-TOI DE LA PISCINE, POUPÉE. JE NE VEUX PAS SOUILLER TOUTE CETTE SHEROÏNE AVEC TON SANG.
BRIDGE
WHIRLPOOL
AH, MARCONI, QUELLE JOIE...
...TE RETROUVER EN TÊTE À TÊTE !
!
MEEERDE!
TOUT D'ABORD, UN PETIT JEU... ÉTENDS LA MAIN...
TU ME DOIS UNE PHALANGE.
CHARMANT.
41

PAS DE SANG ! JE NE VEUX P...

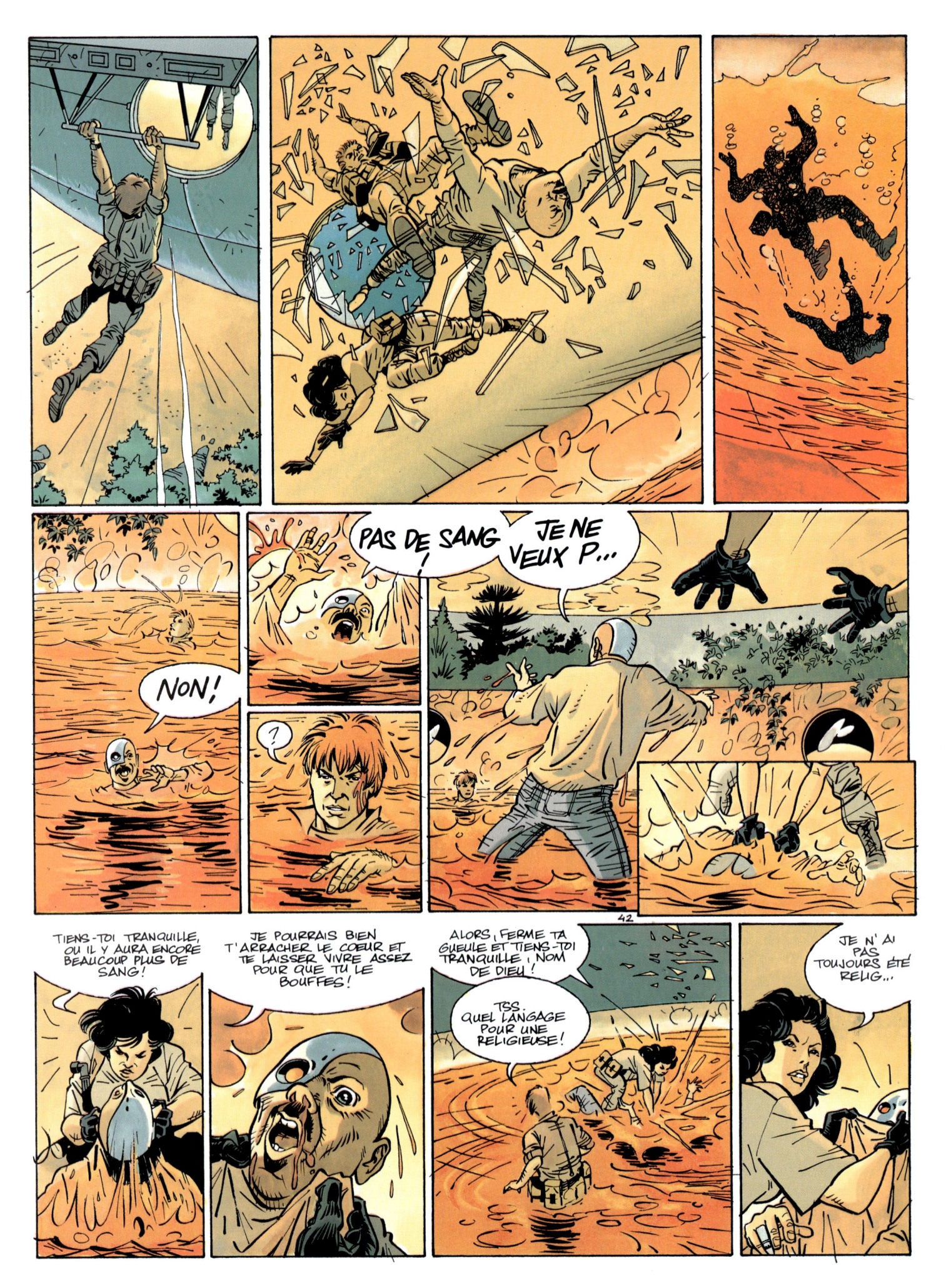

NON !

?

TIENS-TOI TRANQUILLE, OU IL Y AURA ENCORE BEAUCOUP PLUS DE SANG !

JE POURRAIS BIEN T'ARRACHER LE CŒUR ET TE LAISSER VIVRE ASSEZ POUR QUE TU LE BOUFFES !

ALORS, FERME TA GUEULE ET TIENS-TOI TRANQUILLE, NOM DE DIEU !

TSS ! QUEL LANGAGE POUR UNE RELIGIEUSE !

JE N'AI PAS TOUJOURS ÉTÉ RELIG...

- DALLAS! TU SAIGNES!
- QUOI? OH, C'EST RIEN... UNE EGRATIGNURE DUE À...
- TU NE COMPRENDS DONC PAS? TOUTE CETTE RÉSERVE DE SHÉROÏNE...
- ... AVEC TON SANG ET CELUI DE NICOLAÏ... AVEC VOTRE ADN... ELLE NE PEUT SERVIR QU'À VOUS!
- DONC, TOUTE LA SHÉROÏNE EST FOUTUE?
- OUI?
- C'ÉTAIT ÇA LE BUT, NON?
- EUH...
- T'EN FAIS PAS. NICOLAÏ, C'EST PAS MON TYPE.

Stileman Enterprises, Sydney, une semaine plus tard...

- ÇA ME LÈVE LE CŒUR! COMMENT PEUX-TU LAISSER FAIRE DES CHOSES PAREILLES?
- PERSONNE NE T'OBLIGE À REGARDER. TIRE-TOI DE LÀ. TU Y SURVIVRAS...
- ...ASSEZ LONGTEMPS POUR ME PARDONNER.
- TU SAIS TRÈS BIEN QUE JE N'Y SURVIVRAI JAMAIS.
- MAIS SI.

SI TU CESSES DE FAIRE L'ENFANT ET SI TU ACCEPTES TON HÉRITAGE.
NE ME FORCE PAS À JOUER LES PÈRES FOUETTARD, C'EST TOI QUI CHOISIS. SI TU DÉCIDES DE MOURIR, TU ME CONDAMNES À MORT. TU PARLES D'UN ORGUEIL !
Tennessee WHISKEY
Bahia Honda Key 1971
ET TOI, TU PARLES D'UN SOPHISME ! J'AI LA CONSCIENCE NETTE. MAIS SI TU VEUX QUITTER LE MONDE AVEC MOI, J'EN SERAI HEUREUSE.
MOI ? PAS DU TOUT. PEUT-ÊTRE QUE TU AS ENVIE DE REJOINDRE TON CRÉATEUR BIEN-AIMÉ, MAIS POUR MA PART, JE L'EMMERDE, CE FILS DE ...
QU'EST-CE QU'IL Y A ?
POURQUOI TU PLEURES ?
PARAÎT QU'IL Y A DE GENS QUI PRENNENT DES DROGUES ET RETROUVENT DIEU ...
ALL THIS AND BRAINS TOO
Love Maria 1971
MOI. JE L'AI PERDU.
JE NE PIGE PAS.
BIEN SÛR. TOI, C'EST DIFFÉRENT. TU NE POURRAIS PAS PERDRE QUELQUE CHOSE QUE TU N'AS JAMAIS CONNU ...
MAIS ... S'IL N'Y A PAS DIEU ... PAS DE PARADIS ...
ALORS, IL N'Y A PLUS AUCUNE RAISON DE MOURIR ?

NON. NI PLUS AUCUNE RAISON DE VIVRE.
CET INSUPPORTABLE BAVARDAGE M'EXASPÈRE.
LE PLAN A, SIR?
LE PLAN A, MISS BODINE. FAITES AMENER CES DEUX IMBÉCILES AU MODULE 1, DE GRÉ OU DE FORCE. ORGANISEZ LA CONFÉRENCE DE PRESSE POUR TROIS HEURES. ET APPORTEZ-MOI DU CAFÉ.
CNN
BREAKING NEWS
ICI MONIKA VISMARA, POUR CNN BREAKING NEWS. NOUS VOUS METTONS EN COMMUNICATION AVEC SHANA EDWARDS, À SYDNEY, OÙ LORD JULIUS STILEMAN DONNE UNE CONFÉRENCE DE PRESSE IMPROMPTUE.
SYDNEY
SHANA?
"A DONNÉ", MONIKA. LA CONFÉRENCE FUT BRÈVE MAIS SENSATIONNELLE. LORD STILEMAN OFFRE UN TRAITEMENT GRATUIT À TOUTE PERSONNE QUI A ÉTÉ INVOLONTAIREMENT (IL INSISTE SUR CE DERNIER MOT) INTOXIQUÉE PAR LA SHÉROÏNE! D'APRÈS LORD STILEMAN, SA CURE DE RAJEUNISSEMENT EST LA SEULE MANIÈRE DE SUPPRIMER L'ASSERVISSEMENT À CETTE DROGUE MORTELLE.
45
CE N'EST PAS PAR PHILANTHROPIE, MAIS PAR SENS DES AFFAIRES BIEN CONÇU. LA MAFIA DE LA DROGUE VISAIT LES PERSONNES LES PLUS RICHES, C'EST-À-DIRE MES CLIENTS POTENTIELS. À LA DISPARITION DÉFINITIVE DE CLIENTS PRÉSENTS OU FUTURS, JE PRÉFÈRE UNE PERTE FINANCIÈRE TEMPORAIRE.
ARRÊTÉ, UN MEMBRE DE LA MAFIA EN QUESTION A BRISÉ LA LOI DU SILENCE. À PALERME, UN ... PORTE-PAROLE DE MANO NERA S.A. NOUS A DONNÉ CE BREF COMMENTAIRE :
LORD STILEMAN S'OCCUPE D'UN CERTAIN TYPE D'AFFAIRES, NOUS D'UN AUTRE. IL SERAIT BON QU'À L'AVENIR CHACUN S'OCCUPE DES SIENNES.
Huit semaines plus tard...
JULIUS, COMMENT AS-TU PU... ? TU SAVAIS POURTANT QUE JE...
DISONS QU'EN TANT QUE MÉDECIN, J'AI PRIS UNE DÉCISION POUR UNE PATIENTE QUI, À MON AVIS, NE JOUISSAIT PLUS DE TOUTES SES FACULTÉS.

ET DONC, JE T'AI DONNÉ LA VIE.

CE N'EST PAS À TOI DE DONNER LA VIE. NI DE LA REPRENDRE. TU N'ES PAS DIEU.

BEN... ET NOUS DEUX, ALORS ?

EH BIEN, TU AS CE QUE TU VOULAIS. JE VIS ENCORE. MAIS NOUS AVONS PERDU CE QU'IL Y A DE PLUS CHER POUR NOUS DEUX.

MOI, J'AI PERDU LA FOI. ET TOI...

MOI, JE TE PERDS.

JE NE POUVAIS PAS, DALLAS... JE NE POUVAIS PAS LA LAISSER MOURIR...

HM. ET MOI ? TU M'AURAIS LAISSÉ MOURIR ?

... TOI, TU N'ES PAS ELLE.

CAUTION
STAY ON TRAIL AT ALL TIME

STILEMAN ENTERPRISES
"YOU CAN BUY FOREVER"

48

Polyptyque n.m. (gr. ptux, ptukhos, pli)
Ensemble de panneaux peints ou sculptés liés entre eux et comprenant en général des volets qui peuvent se replier sur une partie centrale.
(Le Larousse)

Polyptyque n.m. (1721, adj.; lat.polyptychon, mot gr., de ptux, ptukhos « pli »)
Arts. Tableau d'autel, peinture à plusieurs volets.
(Le Robert)

Polyptyque n.m. (ancien nom commun masculin devenu nom propre en 2003)
Nom d'une collection rassemblant des séries de bandes dessinées ado-adultes de genres variés dont le nombre d'albums est déterminé au départ.
◆ *« Cette nouvelle série est prévue en sept tomes pour la Collection Polyptyque. »*
(Le Lombard)